Susanne Niemeyer

Siehst du mich?

AUF DER SUCHE NACH GOTT

Bildnachweis:
S. 5, 9, 10, 19, 29, 31, 48, 69 © Macrovector/shutterstock_327616421;
S. 14/15, 17, 18, 33, 38/39, 45, 68/69 © xpixel/shutterstock_132843962;
S. 30 © Jamesbin/shutterstock_195032606; S. 34 © Jamesbin/shutter-
stock_348882689; S. 42 © Alexandra Petruk/shutterstock_99937520;
S. 59, 60, 61 © Freepik

www.herder.de

Gesamtgestaltung: Friederike Niemeyer, Hamburg
Herstellung: PNB Print Ltd
Printed in Latvia

ISBN 978-3-451-71621-8

SIEHST DU MICH?

AUF DER *Suche* NACH GOTT

TEXTE
SUSANNE NIEMEYER

GESTALTUNG
FRIEDERIKE NIEMEYER

HERDER
FREIBURG · BASEL · WIEN

HALLO,

ich nehme dich mit auf eine Reise. Wir suchen Gott. Das hier ist so eine Art Reiseführer. Allerdings ist er nicht fertig. Es gibt tausend Wege, Gott zu finden. Finde deinen.

Diese Reise ist eine Abenteuerreise. Man weiß vorher nicht, was einem begegnet. Tiger und Eisbären triffst du nicht. Du brauchst keine Steilhänge zu überqueren. Kein GPS kann dich retten. Du begegnest dir selbst. Dafür braucht man manchmal mehr Mut als für alle anderen Abenteuer. Wir werden sehen. Lass uns gehen.

ICH GLAUBE an den Himmel auf der Erde. Ich glaube, wir sind mittendrin. Ich glaube meinen Freunden, ich glaube gegen jedes bessere Wissen, dass St. Pauli aufsteigt, ich glaube, dass das Leben 1000 Möglichkeiten hat und eine davon passt für mich. Ich glaube an die Liebe, obwohl mich liebeskummerdurchweinte Nächte eines anderen hätten lehren können, ich glaube, dass man nach jedem Scheitern neu anfangen kann. Ich glaube, dass alle Menschen gleich viel wert sind, ich glaube, dass Gott nicht rechnet. Ich glaube an den Frühling und die Kirschblüten, jedes Mal wieder. Ich glaube an den Verstand und ich glaube, dass man, wenn es sein muss, übers Wasser gehen kann. Ich glaube an Zeichen auf Häuserwänden. Ich glaube, dass reden hilft. Träumen auch. Ich glaube, dass glauben besser ist als nicht glauben. Ich glaube an das Leben, das Sein und das Morgen.

Woran glaubst du?
Ich weiß nicht genau.
Dann sag es ungenau.

Ich finde es sonderbar, wenn ich Leute von Gott reden höre. Woher wissen sie, dass es Gott gibt? Man kann ihn nicht sehen.

Vielleicht sieht er dich.

Hallo Gott,

siehst du mich?
Ich sehe dich nicht.
Zeig dich.
Ich halte die Augen offen.

Deine S.

Stell dir vor, Gott würde dich sehen. Jetzt, in diesem Moment.
Was würde er (oder sie?) über dich sagen?

Ich
will
ich
sein

Ich will ich sein,
ich brauch keine Likes
von wildfremden Leuten,
ich brauche kein Selfie
mit Döner in scharf.
Ich will ich sein,
will nicht mit der Meute heulen,
nicht mit Coolness liebäugeln,
dem Trend mich nicht beugen.
Ich will ich sein,
ich mag meine Nase,
auch wenn sie krumm ist.
Ich hab ein paar Macken,
auch wenn das dumm ist,
ich lache zu laut
und rede zu leise,
ich denke mir Sachen,
die keiner versteht.
Ich kuschle heimlich
mit meinem Plüschwal
und manchmal träum ich
ein Nachtgebet.
Ich will ich sein,
will nicht mit der Meute heulen,
nicht mit Coolness liebäugeln,
dem Trend mich nicht beugen.
Ich will ich sein,
glaubt mir,
das geht.

PLATZ FÜR DICH – MACH WAS DRAUS!

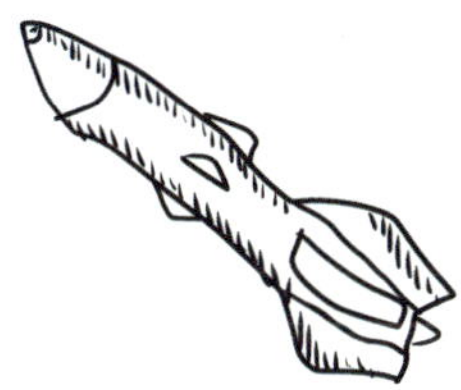

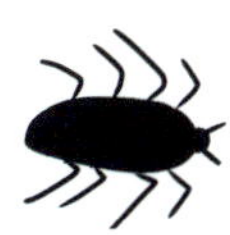

Warum glaubst du an Gott?

Weil es mir einen neuen Sinn eröffnet: den Möglichkeitssinn.

Was ist das?

Du lernst, weiter zu sehen. Was noch nicht ist, aber sein könnte.

Das heißt, ich lerne zu träumen?

Wenn du so willst.

Das klingt wie Augenwischerei. Die Welt wird schließlich nicht besser, wenn ich träume.

Und wenn doch? Wir brauchen Träume. Wenn man Menschen längere Zeit nachts am Träumen hindert, werden sie krank. Vielleicht braucht auch die Wirklichkeit unsere Träume?

Lieber Gott,

ich träume dich,
dass du mein Fels bist
und das Zauberwort,
mein Nachterleuchter
und das täglich Glück.
Mein Muteinflößer
und mein Löwenherz.
Träumst du mich ?

WOVON TRÄUMST DU?

Heißt das, Gott ist nur ein Traum?

Vielleicht ist Gott wie ein Traum. Manchmal zeigt er dir einen Weg. Manchmal ist er verstörend. Manchmal unverständlich. Manchmal wachst du morgens auf und bist noch ganz erfüllt.

Stör mich
und stör den Lauf der Welt.
Stör die Gierigen beim Geldscheffeln.
Stör die Trägen beim Einschlafen.
Stör die Satten beim Sahneparfait.
„Da kann man nichts machen“, sagen sie.
Ich kann.
Stör mich.

Stell dir vor, Gott beauftragt dich, die Welt zu verändern. Womit fängst du an? Denk groß und denk zugleich ganz klein und alltäglich.

Wenn ich die Welt verändern könnte, dann würde ich …

Ich finde, Gott sollte sich mehr einmischen.
Sag es ihm.
Ändert es was?
Tu es einfach. Wer immer erst nach dem Ergebnis fragt, wird nie etwas ändern. Streite mit Gott. Nimm ihn ins Gebet. Und selbst, wenn es nicht das bewirkt, was du dir wünschst, hast du dein Herz erleichtert.

Hör mal,
du hast vielleicht viel zu tun,
so eine Welt ist ja groß,
aber da draußen ist Krieg,
da schneiden Menschen
Menschen die Köpfe ab.
Nicht in meiner Straße,
aber nur ein paar Fernsehbilder weit entfernt.
Kannst du da bitte vorbeigehen,
ich kann es nicht,
aber für dich
müsste das ein Katzensprung sein.
Nimm ihnen die Schwerter aus der Hand
und gib ihnen etwas, mit dem sie keinem wehtun
können,
Pinsel zum Beispiel und Farbe oder Schachfiguren,
von mir aus auch einen Fußball,
dir wird etwas einfallen,
aber bitte: **Tu was!**

Hier ist Platz für alles, was du Gott schon immer sagen wolltest. **WIRF ES IHR VOR DIE FÜSSE:**

Darf man das?

Man muss sogar. Weil man Gott sonst nicht ernst nimmt. Gott wäre dann nicht mehr als ein Maskottchen: nett, aber belanglos.

WANTED

Gott

EHER GROß, HAARFARBE UNBEKANNT
REBELL UND TRÄUMER
BESONDERE MERKMALE:
VERÄNDERT STÄNDIG SEINE GESTALT
MÖGLICHE AUFENTHALTSORTE:
ZWIELICHTIGE ECKEN, KRANKENHÄUSER, BLUMENWIESEN
PSEUDONYM: ICH BIN DA

„Ich bin da“ ist ein schöner Name. Den habe ich noch nie gehört. Ich kenne Gott immer nur als Vater oder Herr.

Und gefällt dir das?

Nein.

Mir auch nicht.

Es engt ein. Ob man will oder nicht denkt man an einen strengen Mann.

An einen Herrn eben.

Ja. Gott braucht andere Namen.

Gib ihm welche.

Es gibt Tage, da habe ich solche Sehnsucht und weiß nicht, wonach.

Was tust du dann?

Manchmal esse ich eine ganze Packung Kinderschokolade. Manchmal gucke ich Sachen auf YouTube. Manchmal liege ich einfach da und starre in die Luft. Es ist, als ob etwas fehlt.

Was?

Ich weiß es nicht.

Sehnsucht ist die Fähigkeit, den Himmel zu vermissen.

Was soll das sein, der Himmel?

Das Gefühl, dass alles gut ist.

Das gibt es selten.

Deshalb die Sehnsucht. Du kannst auch sagen: Heimweh nach einem Ort, den du noch nicht kennst.

Wann fühlst du dich lebendig?

Hast du heute schon in den Himmel geschaut?

Wenn der Himmel auf Erden beginnt, wo würdest du ihn finden?

Welche drei Sachen sind für dich am allerwichtigsten im Leben?

Wird der Himmel schöner durch ein paar Wolken?

Macht Gott manchmal blau?

Wenn du jetzt sterben würdest – was würdest du bereuen, nicht getan zu haben?

Was vermisst du?

Schokolade ist nicht der Himmel.
Küssen ist nicht der Himmel,
Sonnenblumenfelder sind nicht der Himmel.
Tanzen ist nicht der Himmel,
Schwimmbadnachmittage sind nicht der Himmel,
Katzenbabys sind nicht der Himmel.
Sterne sind nicht der Himmel,
Lieblingsgedichte sind nicht der Himmel,
Glück ist nicht der Himmel.

Aber das alles ist nah dran.

Gott sei Dank.

POSTKARTE AUS DEM HIMMEL – ZUM SELBERSCHREIBEN:

20 ways to find God

1. Sprich mit einem x-beliebigen Menschen.
2. Geh auf eine Geburtsstation.
3. Setz dich hin und warte, dass Gott kommt.
4. Zähl bis unendlich.
5. Geh barfuß.
6. Setz dich in die Stille einer Kirche.
7. Träume Gott.
8. Geh an einen Ort, an dem du Gott überhaupt nicht vermutest.
9. Setz dich aus.
10. Riech Weihrauch.
11. Hilf jemandem.
12. Löse eine komplizierte Gleichung.
13. Sing.
14. Warte, bis die Sonne aufgeht.
15. Stell dir vor, Gott sei schon da.
16. Begleite jemanden an die Schwelle des Todes.
17. Leih dir alte Worte (einen Psalm, das Vaterunser, einen Lieblingsvers aus der Bibel).
18. Säe etwas (eine Sonnenblume, einen Kirschbaum, Zuversicht).
19. Schmecke Brot, schmecke Wein.
20. Finde neue Worte.

Your ways to FIND GOD

Ich habe gebetet. Jedenfalls habe ich es versucht, aber ich kam mir komisch vor. Als ob man in die Luft spricht.
Versuch es doch mal mit Hören.

Fünf Minuten hören

Wie ein Regentropfen am Fenster rinnt. Den Flügelschlag einer Meise. Deinen Wimpernschlag. Das Flackern einer Flamme. Die Schritte einer Katze. Das Herzklopfen einer Verliebten. Nicht gesagte Worte. Das Gebet eines Zweiflers. Das Ticken einer Uhr. Das Ping einer Nachricht. Den Wind, den Himmel, das Unerhörte.

WAS HÖRST DU?

Das ist schön. Aber was hat es mit Gott zu tun? Gott ist schließlich keine Katze und auch kein ungesagter Gedanke. ***Wer weiß? Ich glaube, in allem steckt Gottes Idee. In der Bibel steht, dass Gott die ganze Welt erschaffen hat. Dann könnte man doch überall Gottes Fingerabdrücke finden.***

Als ich gestern über die Straße ging, sah ich dich. Du hast dein Rad abgeschlossen und deine Hände zitterten. Es war kalt. Ich sah dich mit einem selbst gemalten Schild. Du knietest dahinter und hieltest die Hand auf. Ich sah dich, wie du die Äpfel am Marktstand prüftest, als würdest du dich fragen, ob sie sauer wären. Ich sah dich Skateboard fahren, du machtest dich ganz gut. Ich sah deinen roten Rock, unter dem du wollene Strumpfhosen trugst. Unsere Blicke trafen sich kurz.

Das finde ich verwirrend. Wer sieht da wen?
Ein Mensch sieht Gott. Oder Gott sieht jeden Menschen.
Was denn nun?
Beides ist möglich, oder?

Schreibe alle Leute auf, die dir spontan einfallen.
Auch jene, die du nicht besonders magst.

STELL DIR VOR, JEDER UND JEDE VON IHNEN IST GOTTES SPIEGELBILD. WAS WÜRDE DAS VERÄNDERN?

Ich finde, das ist ein sonderbarer Gedanke. Das würde ja heißen, dass sich Gott auch in Hitler spiegelt. Oder in irgendeinem Selbstmordattentäter.

Ja. Das wäre dann so.

Das kann doch nicht sein!

Wo würdest du die Grenze ziehen? Was ist mit einem Taschendieb? Einem Hacker? Einer Gelegenheitslügnerin? Ich glaube, Gott spiegelt sich in jedem Menschen. Nur dass bei manchen der Spiegel trüb und blind ist ... dann spiegelt er nichts mehr.

Man könnte ihn putzen ...

... genau. Ein altes Wort dafür ist Beichte.

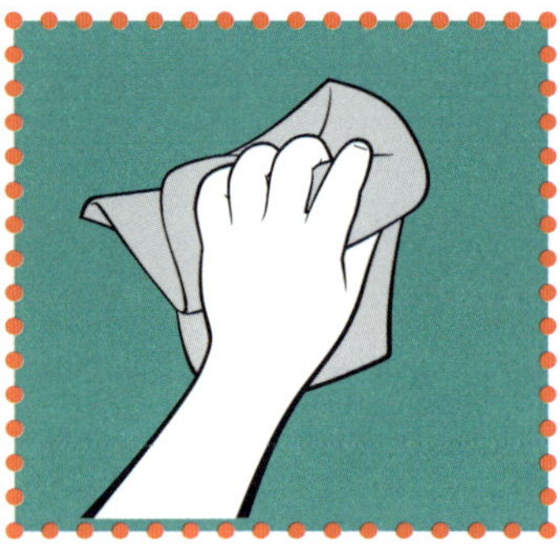

Was ist das?

Es ist etwas Mutiges. Du prüfst dich: Wo habe ich jemanden verletzt? Alles wird sichtbar.

Und dann?

Dann kannst du wieder strahlen.

Mein geheimer Spiegel:

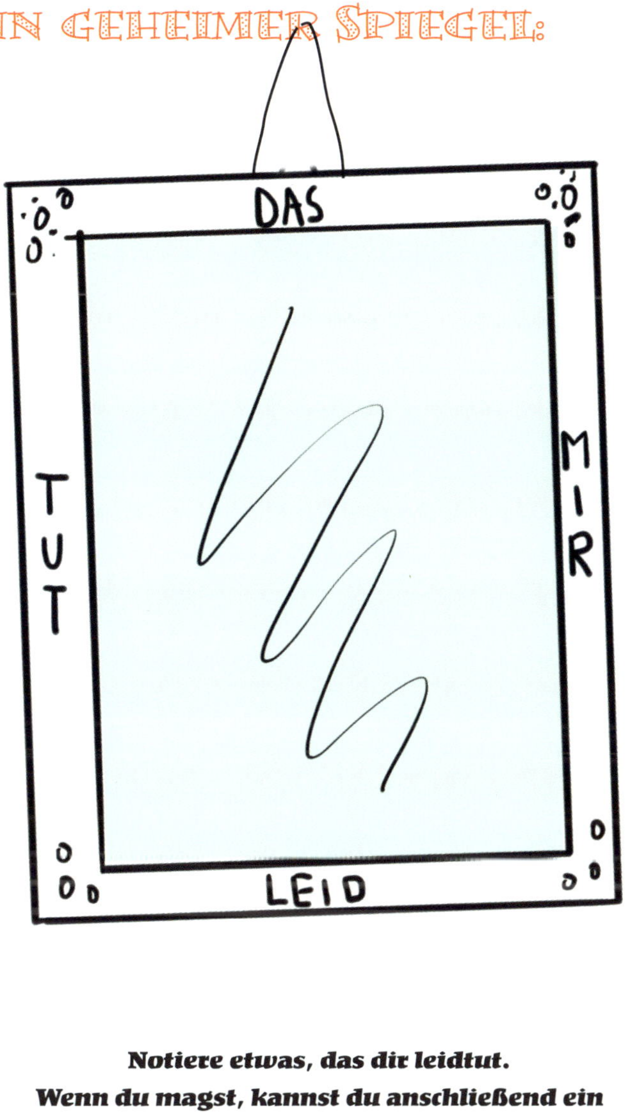

Notiere etwas, das dir leidtut.
Wenn du magst, kannst du anschließend ein
buntes Stück Papier darüberkleben.

Vergibt Gott jedem?

Ich weiß es nicht. Einerseits möchte ich, dass Gott Menschen, die Schlimmes getan haben, bestraft. Du weißt schon, Mörder, Vergewaltiger, Kriegsverbrecher. Ich verstehe den Wunsch nach einer Hölle. Trotzdem glaube ich, Gott ist anders. Liebt eure Feinde, hat Jesus gesagt. Das ist der schwerste Satz in der ganzen Bibel.

Das finde ich auch.

Es heißt, am Ende steht Gottes Gericht. Vielleicht bedeutet das etwas anderes, als wir denken. Vielleicht richtet Gott Menschen auf: so, dass ein Verbrecher seine Schuld erkennt und bereut. Wäre das nicht das eigentliche Happy End?

Happy End ?

Lieber Gott,

ich rette dich,
den Taschendieben schenke ich Schokolinsen,
den Hassprediger entwaffne ich mit einem Lächeln,
den Zynikern begegne ich mit Engelszungen,
ich lasse dich nicht
mit ihnen allein.

Wenn wir alle eine Idee Gottes sind, dann wäre Gott ja in allen drin. Jedenfalls ein bisschen.
Ich glaube: Ja.
Auch in denen, die nicht an Gott glauben?
Jepp.
Dann sind wir alle Gott?
Jedenfalls sind wir alle göttlich.

Du bist der Funke, der das Feuer bringt. Du bist der Soundtrack eines Sommertags. Du bist der Atem, der die Welt bewegt. Du bist das Himmelhoch, das glücklich macht. Du bist das Licht im dunklen Kellerloch. Du bist das Lachen für die Griesgrame. Du bist die Nachricht, die ein anderer ersehnt. Du bist das Teil, das fehlt im großen Puzzlespiel. Du bist mein Lieblingsplatz, du bist der Mensch, durch den ich bin.

Dein Gott

Und jetzt umgekehrt: Wer ist Gott für dich?
In der Bibel nennen Menschen Gott „mein Fels", „Licht auf meinem Weg" oder „Mutter, die tröstet". Welche Bilder fallen dir ein?

Gott, du bist ...

Das klingt, als wenn man alles umdreht, was man normalerweise von Gott sagt. Was ist Gott denn nun eigentlich?
Die Bibel sagt, Gott ist die Liebe. Die Liebe ist größer als alles. Wer liebt, spürt Gott.

Ich liebe Erdbeereis im Juni, die blaue Stunde, Küsse von dem, den ich liebe. Ich liebe brennende Kerzen in einer leeren Kirche, über Calvin & Hobbes zu lachen, ich liebe meinen kleinen Neffen, wenn er Meerungeheuer malt, ich liebe Nebel auf dem See am Morgen. Ich liebe die Hoffnung, die gegen alle Erfahrung spricht. Ich liebe Musik in der Nacht, Federbetten, den Geruch von Zuckerwatte, ich liebe es, beim Lesen ins Stocken zu geraten, weil ein einzelner Satz so schön ist. Ich liebe das Halleluja in der Osternacht, weil es alle Dennochs der Welt besingt, ich liebe die Schiffe im Hafen und das Schwappen der Wellen. Ich liebe das Gefühl, wahrhaftig gewesen zu sein, auch wenn anderes näherlag. Ich liebe mich. Ich liebe es, von der Sonne geweckt zu werden, ich liebe die Fragen, selbst die ungeklärten. Ich liebe die Liebe, ihre Macht und ihre Zärtlichkeit.

WAS LIEBST DU?

Die Liebe ist aber oft gar nicht groß. Manchmal kann sie nichts. Zum Beispiel wenn ich verliebt bin und der andere nicht. Liebeskummer ist schrecklich, man fühlt sich wie ein Haufen Elend.

Du kannst es auch andersherum betrachten: Die Liebe hat eine solche Macht, dass sie dich zum Weinen bringen kann.

Und was habe ich davon?

Wer liebt, wächst. Die Liebe verleiht Superkräfte.

Auch wenn man vergeblich liebt?

Ich glaube nicht, dass Liebe vergeblich sein kann. Vielleicht erwidert ein Mensch deine Liebe nicht. Aber sie geht nicht verloren. Sie verändert dich.

Und wenn ich mit Engelszungen redete
und Berge versetzen könnte,
wenn ich alles Wissen der Welt besäße
und kennen würde, was niemand kennt,
wenn meine Geldspeicher gefüllt wären
und mein Zauberstab funktionierte,
wenn ich auf allen Kanälen sendete
und die Mächtigen der Welt meine Stimme
hörten,
wenn ich alles hätte
und könnte nicht lieben,
dann wäre ich nichts.

Was ist, wenn man nicht lieben kann? Liebe ist doch ein Gefühl, man kann nicht einfach beschließen zu lieben.
Ich glaube, man kann. Weil Liebe viel mehr als ein Gefühl ist. Es ist eine Haltung.
Willst du damit sagen, man kann theoretisch alles lieben?
Zumindest kann man üben, alles mit einem liebevollen Blick zu betrachten.

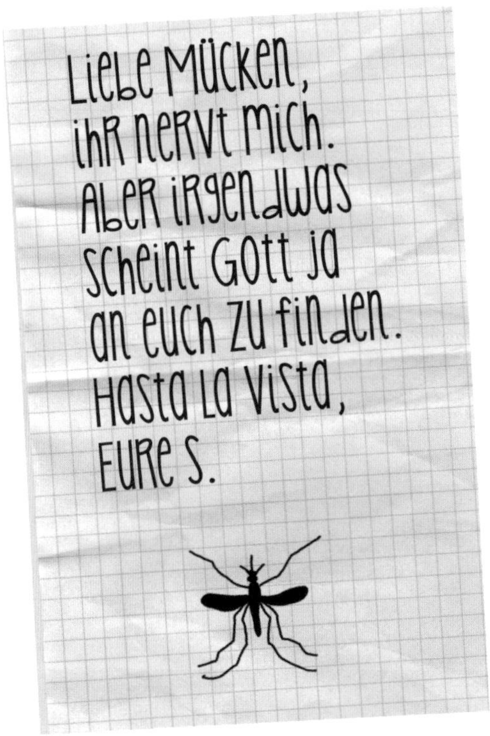

Was nervt dich?

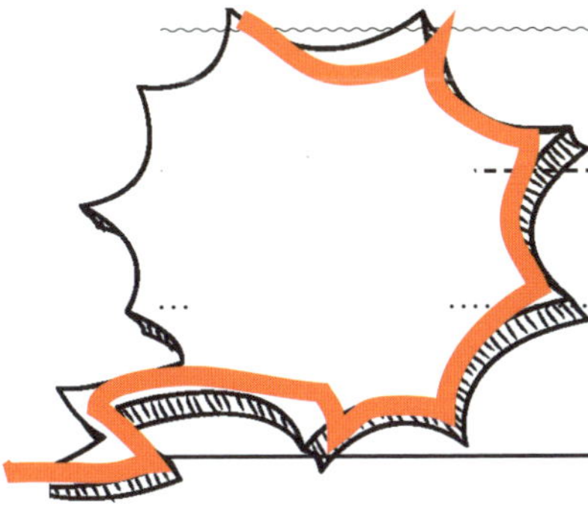

Mal ein Herz dahinter. Das könnte ein Anfang sein.

Ben liebt Jan

und Merle liebt Martin

und Lasse liebt Laura (heimlich)

Jana liebt Frauke

und Lea liebt einen, der singt (wenn auch von ferne)

und Tobias liebt Semra

und Anja liebt Oma (wegen der Pfannkuchen und auch sonst)

Elif liebt Achmed

und Hermann liebt Hilde (die er mit 83 kennengelernt hat, im Park)

und Gott liebt Mensch

What a wonderful world this could be.

To do

Wen machst du heute glücklich? Und wie?

Mich nervt, dass in der Bibel so viele Sachen stehen, die Gott nicht gefallen.

Die Bibel wurde über Jahrhunderte geschrieben. Manche Dinge waren zu einer bestimmten Zeit sinnvoll und sind es jetzt nicht mehr.

Wie erkenne ich dann, was gilt?

Du kannst dich fragen: Was führt mich zu Gott? Was führt mich weg? Das kannst nur du entscheiden. Ich glaube, jeder Mensch hat dieses Wissen in sich.

Das ist schwer ...

Vielleicht hilft es dir, dich zu fragen, wofür du ehrlich dankbar bist. Was dein Herz warm macht. Dann bist du auf der richtigen Spur.

Lieber Gott,
es gibt Leute, die wissen genau,
was du magst
und was du willst
und was du denkst,
die wissen, wie man leben soll
und wie nicht.
Ich glaube ihnen nicht.
Ich glaube, du bist ganz anders.
Ich glaube, du hast das weiteste
Herz, das es gibt.
Ich glaube, du bist glücklich,
wenn Leute andere Leute glücklich
machen.
So einfach, glaube ich, ist das.
Amen.

Weißt du, was das Allerschwerste ist? Sich selbst zu lieben.

Warum?

Weil wir tausend Stimmen in uns tragen, die uns einreden wollen, wir seien nicht gut genug. Nicht schlank genug. Nicht schlau, witzig, mutig, engagiert, fleißig, einfallsreich genug. Überhaupt nicht genug.

Ja, das kenne ich. Wie bringt man diese Stimmen zum Verstummen?

Du kannst einer anderen Stimme Raum geben.

Ich mag dich.
Du bist mir gelungen.
Lass dir nichts einreden.
Du bist du.

Gott

Gib mir Mut,
Karos zu tragen,
auch wenn's nicht passt,
die Wahrheit zu sagen,
hinzuschauen,
Luftschlösser zu bauen,
die Welt zu träumen
und aufzuräumen,
mit Arg und Wohn.
Mit Schwachen zu lachen
und Sachen zu machen
wie Kopfstand im Kopf –
stopp.
Mach mir Mut,
mach mich gut.

Ich wünsche mir Mut für

10 Sachen, die mich tragen

1 ein Federbett, in das ich jederzeit hineinkriechen kann

2 Freunde, deren Handynummern auch nachts um zwei funktionieren

3 ein Lieblingsmensch

4 der Himmel über mir (der trotz allem noch nie eingestürzt ist)

5 26 Buchstaben zur freien Verfügung

6 jemand, der sagt: Du kannst das

7 der Mut anderer

8 die Hoffnung, dass alle Toten bei Gott – wo immer das ist

9 das bloße Dasein einer Birke, einer Wollgraswiese oder eine Sommerwiese voller Butterblumen

10 das Gefühl, ich bin nicht allein im Raum

JETZT DU.

Was trägt dich?

Manchmal trägt gar nichts. Wenn die Welt fürchterlich ist.
Was bräuchtest du dann?
Ich weiß nicht. Ein Wunder vielleicht.

An Gott

Gib mir ein Zeichen,
dass du da bist,
ein kleines wird reichen,
dass du nah bist.
Ich horche –
wenn alles still ist,
klopf an die Tür.
Ich öffne dir.

Ein Wunder wäre, wenn ...

Ich glaube nicht an Wunder.
Warum nicht?
Weil es Naturgesetze gibt.
Wer sagt, dass Gott die Naturgesetze außer Kraft setzt? Vielleicht nutzt er sie.
Woher weiß man dann, dass es Gott war?
Wer soll es sonst gewesen sein? Du erwartest etwas Großes, Überwältigendes. Vielleicht darf man nicht auf ein Wunder warten, wenn man auf ein Wunder wartet. Ein Wunder erlebt nur, wer sich wundern kann.

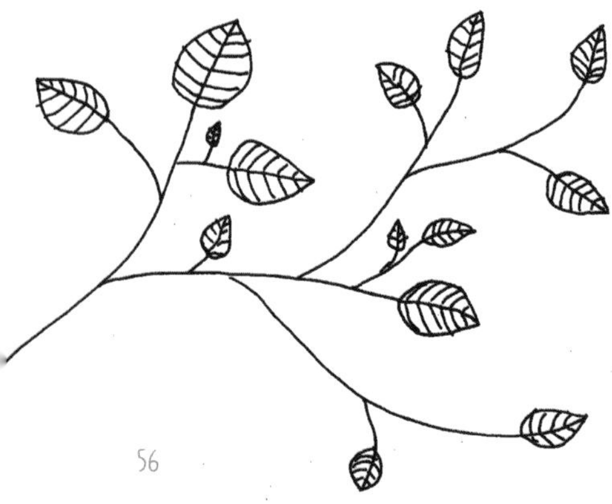

WUNDER DICH

Schau in die Ecken. Sieh nach Alltäglichkeiten. Achte auf Zeichen. Halte vor Litfaßsäulen. Lies Leuchtreklamen. Sei Entdecker. Schließ das Unbekannte nicht aus. Trau einer Liedzeile. Sieh dich um. Vielleicht steht ein Engel hinter dir. Deute den Zufall. Finde eine geheime Ordnung. Iss Buchstabensuppe. Glaub an Verwandlung.

GEH AUF SAFARI IM ALLTAG UND SAMMLE KLEINE WUNDER.

HIER IST PLATZ DAFÜR.

Ist das alles?
Es ist zumindest ein Anfang. Lass dich berühren. Solange du eine Rüstung trägst, kommt nichts und niemand an dich heran.

Was mich berührt:

- wenn das Schutzschild fällt
- wenn ich die ersten Töne eines Lieblingsliedes höre und mehr nicht brauche, weil der Rest in mir ist
- wenn ein kleiner Vogel sich aufplustert
- wenn ein Kind mit aller Ernsthaftigkeit in etwas vertieft ist, das ich nicht verstehe
- wenn ich singe und die Frage vergesse, ob es gut ist
- wenn Myriaden Schneeflocken fallen und man nichts hört
- wenn mich ein Fremder im Vorübergehen anlächelt

WAS BERÜHRT DICH ?

Du hast mich berührt,
als die Feder meine Hand streifte;
kein Vogel am Himmel zu sehen.
Du hast mich berührt,
als ich vor Lachen Schluckauf bekam;
kein vernünftiger Grund zu erkennen.
Du hast mich berührt,
als ich mutig war wie ein Löwe;
kein Brüllen aus meinem Mund.
Du hast mich berührt.

Das ist irgendwie peinlich. Ich weiß nicht, ob ich so sein will.
Du machst dich verletzbar ...
Warum sollte man das tun? Die Starken siegen.
Ich weiß nicht, ob sie wirklich siegen. Wer nur auf die eigene Stärke baut, darf sich nie hängen lassen. Das ist anstrengend. Als würdest du die ganze Zeit eine 50-Kilo-Hantel stemmen. Irgendwann will man sie auch mal ablegen. Und stellt sich die Frage: Wozu trägst du eigentlich dieses Ding? Warum muss man immer stark sein?
Damit man keine Angst hat.
Wovor?

WAS MACHT DIR ANGST?

Ich rufe die Liebe,
den Wind und die Eichkatzen,
ich rufe den Sturm,
den Adler und die Dämmerung,
ich rufe die Unermüdlichkeit,
das Innere der Träume und den Gesang,
ich rufe die Feuer,
den Mut und das Morgenrot.
Ich fürchte mich,
aber ich fürchte nicht
meine Furcht.
Ich rufe die Wächter des Himmels,
der Erde,
meine Rückenstärker,
steht mir bei!

WER ODER WAS stärkt dir den RÜCKEN?

Ich stelle mir vor, wie Jesus so etwas gebetet hat. Als er am Kreuz hing.

Glaubst du, er hat sich gefürchtet?

Ja. Er hat geschrien, warum Gott ihn verlassen hat.

Warum hat Gott ihn nicht gehört?

Ich glaube, er hat ihn gehört.

Trotzdem hat er seinen Tod nicht verhindert.

Nein.

Warum nicht?

Ich weiß es nicht. Warum verhindert Gott nicht die Kriege, Unfälle, Erdbeben, Überfälle?

Ja, warum nicht?

Ich habe keine Ahnung. Ich weiß nur, dass Gott Menschen übermenschliche Kraft geben kann. Dass sie über sich hinauswachsen. Das macht mir Mut. Ich versuche, darauf zu vertrauen.

Worauf vertraust du?

- [ ] auf meine Freunde
- [ ] dass der Boden trägt
- [ ] auf die Polizei
- [ ] auf Google
- [ ] auf meine Eltern
- [ ] dass die Ampel wieder grün wird
- [ ] auf ein Versprechen
- [ ] dass niemand schießt
- [ ] auf unsichtbare Mächte
- [ ] auf den Wetterbericht
- [ ] auf meine Fähigkeiten
- [ ] auf mein Gefühl
- [ ] auf das Navi
- [ ] dass die Sonne aufgeht
- [ ] auf einen Anwalt
- [ ] dass ein Engel hinter mir steht
- [ ] auf den Instinkt von Tieren
- [ ] auf Geld
- [ ] dass das Seil nicht reißt
- [ ] auf Markenprodukte
- [ ] auf mein Horoskop
- [ ] auf Magie im richtigen Moment
- [ ] auf ....
- [ ] auf ....
- [ ] auf ....

Die Welt ist aus Vertrauen gemacht.
Das sieht nicht so aus.
Weil es schwer ist zu vertrauen. Du wirst enttäuscht werden.
Also ist Kontrolle besser.
Manchmal schon. Es ist eine Abwägung: Je mehr Kontrolle, desto weniger Freiheit. In der Bibel steht: „Ich bin dein Gott. Ich habe dich aus der Sklaverei geführt.“
Was soll das heißen?
Du bist frei. Mach dich nicht wieder abhängig.

ABGEHÄNGT

Ich mache mich abhängig
vom Lob der Freunde,
vom Erfolg meiner Arbeit,
vom Gelingen eines Butterkuchens.
Ich mache mich abhängig
vom Weiß meiner Weste,
vom Schlag meines Pulses,
wenn ich renne.
Ich hänge mich ab.
Höchste Zeit, mich einzuholen.

Was war deine Rettung? Wie oft benutzt du das Wort „muss"? Und das Wort „will"? Wärst du lieber Sklave oder lieber tot? Wie viel Zeit verbringst du täglich im Internet? Was erhoffst du dir davon? Wenn du täglich eine Stunde geschenkt bekämest – was würdest du damit tun? Wartest du auf Grün, auch wenn kein Auto kommt? Kann man sich selbst erlösen? Wie?

Jeder ist abhängig. Jeder muss essen, trinken, atmen. Und nicht nur das. Was zählt, sind solche Sachen: Welche Klamotten du trägst, ob du ein iPhone hast, wo du wohnst, was die anderen über dich reden, wie viel Geld du hast und später welchen Job. Willst du sagen, dass dir das alles egal ist? ***Nein. Es geht darum zu unterscheiden. Was tut dir gut? Und was nicht?***

Was mir guttut:
Comics lesen. Mich entscheiden, auch wenn es tausend verheißungsvolle Möglichkeiten gibt. Rad fahren, ohne ein Ziel erreichen zu müssen. Manchmal mich selbst nur mittelwichtig nehmen. Manchmal ganz wichtig. Schlafen. Aufhören, wenn ich satt bin (mit allem). Zweifeln. Freundlich sein. Mutig eine Wahrheit aussprechen. Das Handy vergessen. Etwas tun, das nichts bringt: Kleine Kritzeleien zeichnen. Beten. Muscheln sortieren. Auf einer Mauer balancieren. Mich für jemanden einsetzen. Selbstvergessen sein.

WAS TUT DIR GUT?

Das klingt ziemlich egoistisch. Ist das alles?
Nein.
Was dann? Wozu bist du auf der Welt?
Um mitzuspielen.
Nicht, um Gutes zu tun und so?
Das gehört dazu. Kein Spielverderber sein. Nicht schummeln. Fair bleiben. Dafür sorgen, dass das Spiel Spaß macht. Meine Mitspieler und Mitspielerinnen schätzen. Auch, um nicht allein zu spielen. Mein Bestes geben und gleichzeitig ein guter Verlierer sein. Mich an die Regeln halten.
Welche Regeln meinst du?
Du weißt schon: Nicht lügen. Nicht stehlen. Nicht töten. Anderen nichts neiden. Respekt zeigen, vor jedem.
Das lernt man im Kindergarten.
Stimmt.
Und was ist mit dem Ernst des Lebens?
Man kann sehr ernsthaft spielen.

Wenn du eines Tages gestorben bist, wie sollen die Leute dich dann in Erinnerung behalten?

Ich will die Welt besser machen. Zumindest ein bisschen. Ich will für etwas eintreten. Egal, ob es sich lohnt. Ich will lieber David sein als Goliath.

Dann sind wir schon zwei. Und wir sind bestimmt noch viel mehr. Wenn wir uns laut dazu bekennen, können wir einander Mut machen.

Ich bekenne mich
zu Federbetten, Anfängen und dem lieben Gott,
die mich tragen
und auch taugen als Hintertüren
für den Fall der Fälle.

Ich bekenne mich
zu allem Wiederkehrenden,
zu Weihnachten und Holunder
und der auflaufenden Flut.

Ich bekenne mich,
keine Ahnung zu haben,
ob das reicht für ein Leben,
aber es könnte doch sein.

Zu allem,
was sein könnte,
bekenne ich mich auch.

MEIN BEKENNTNIS

Ort, Datum

Unterschrift

Warum bist du dir so sicher?
Das bin ich gar nicht. Hinter allem steht ein großes Vielleicht: Es könnte auch ganz anders sein. Glauben ist, übers Wasser zu gehen. Hoffen, dass dich etwas trägt, das du nicht erklären kannst.
Und? Trägt es?
Probier es aus.

SCHÖNE AUSSICHTEN

FASS DIR EIN HERZ,
LERN TRÄUME ZU DEUTEN,
SCHAU HINTER DIE DINGE,
FÜHR DIE HOFFNUNG SPAZIEREN.

DANN SEHEN WIR WEITER.

Susanne Niemeyer, geb. 1972, ist meistens Hellseherin. Von ihrem Hamburger Schreibtisch im dritten Stock hält sie Ausschau nach dem Himmel. Als freie Autorin hat sie mehrere Bücher veröffentlicht und bloggt auf www.freudenwort.de.

Die Grafikdesignerin und Illustratorin Friederike Niemeyer liebt ihre kreative Arbeit von der Locke bis zum Pinsel. Seit 1995 konzipiert, entwirft und realisiert sie in Hamburg mit großer Begeisterung Printprojekte. www.niemeyer-design.de